ならやま

フォト短歌集

寺嶋りくお

文芸社

はじめに

私は昭和十七年（一九四二年）十二月、大阪市で生まれました。

幼少より喘息を病み「はたちまで　持たぬ命と　医者が言い　父母も思いぬ　十歳の頃」

二十歳の頃、「田辺万葉の会」が発足され入会、「あけび」所属の島田兵三先生に師事し、万葉集と短歌を十年間学びました。同時に、日本詩吟学院岳風会大阪本部田辺本町支部の発足に入会、高島岳紫先生に師事。二十五歳で指導者になり、それは四十五歳まで続きました。

この間、二十三歳で大毎広告（株）に入社し、不動産広告を扱う。同時に東田辺青年会を設立、区青連・市青連理事を歴任し、大阪府教委から北海道・東北・関東地区の十五日間の指導者研修に参加。また、二十六歳のとき、世界青少年交流協会より三十五日間の親善訪米団にも参加。三十四歳のとき、公害病（喘息）に認定される。

三十六歳で大毎広告を希望退職に応募。三十七歳のときに宅建業の日進建設（株）を創業、バブル景気に乗る。三十八歳で駒四こども会を設立、四十三歳のとき十単位こども会を設立し、東田辺連合こども会を結成して区こ連理事を歴任。

四十五歳のときに自宅兼賃貸マンションを建築。四十六歳のときに大阪市立中野中学校ＰＴＡ会長に就任し、創立四十五周年記念行事を挙行しました。また、五十二歳で全日写連大阪本部東住吉支部に入会。

五十五歳のときに持病の喘息が悪化。医師に勧められ、奈良に転地療養いたしました。

「風清く　発作治まり　ジム・プール　進みて体　なお健やかに」

五十六歳でならやま短歌会に入会し、奈良歌会理事の坂本八朗先生に十年間師事し、先生退任後、平城山短歌会を設立し、毎年短歌・フォト短歌展を開催、歌集「ならやま」を刊行しています。

五十九歳で全日本写真連盟奈良県本部ならやま支部を設立し、本部委員に就任。七十一歳で支部長、委員を退任しました。

七十四歳で寺嶋本家を継ぐために大阪市に帰り、賃貸業を営み、短歌会指導を続け、現在に至っております。「父の死の　八十を越え　重ねみる　その生涯と　我が人生と」

フォト短歌は、一九九九年の奈良移住の頃より作り始め、今も作り続けており、この集は二〇〇五年までを抜粋、出版することになりました。

出版に際しましては、出版企画部の青山泰之様には大変お世話になりました。お礼申し上げます。

穀物の施し受けて上海の
仏寺の雀肥えて愛らし

りくお

1999年11月17日～19日 福建江南の旅
玉佛寺

きらめきをホテルの窓に映しつゝ
雪の札幌クリスマス・イブ　りくお

1999年12月22日〜24日 道南の旅

2000年1月27日　朱雀門

ラジオより
渋滞聞こゆ
いにしへに
愚痴りてゆくや
雪の朱雀路

りくお

2000年2月9日 鷺池

なにゆへに
ひとり厳しき
世に遇ふと
池のほとりの
鷺のため息

りくお

松明（たいまつ）の火の粉をあびて歓声の
響（とよ）む修二会や春招くらし　りくお

2000年3月6日 東大寺二月堂

2000年4月10日 東大寺二月堂

春日野を
二月堂より
見渡せば
花も霞も
雨に潤みぬ

りくお

2000年4月13日　長谷寺

そよ風に
枝垂桜は
たをやめの
花簪の
如く揺れをり

りくお

２０００年４月１３日

くるくると
桜の花の
舞ひ散るは
悪しき雀の
落花狼藉

りくお

花影になかば沈みし舟ありて
八幡堀に小雨降りつぐ　りくお

2000年4月15日　近江八幡市

2000年4月20日 大佛殿裏鹿の背桜

君愛(めで)し
枝垂桜の
散り初めぬ
今日を明日にじ
つとに見まほし

りくお

2000年5月4日　玄奘三蔵会

薬師寺は
青より藍に
暮れゆきて
地に万燈の
明りまたたく

りくお

ゆく春の近江の国の山寺の
後光の藤の色のすがしきりくお

2000年5月15日　日野正法寺

2000年5月15日 蒲生・万葉歌碑

袖を振り
「憎くあらば」と
大海人の
去りし額田に
贈る恋歌

りくお

降りそそぐ手筒花火を
ますらをの裸に受けて
身じろぎしせず　りくお

2000年7月2日 龍田大社 風鎮祭

２０００年７月１６日 皆既月食 午後6時30分〜午前1時20分

悠久の
時の流れに
身をおきぬ
平城宮跡に
見入る月食

りくお

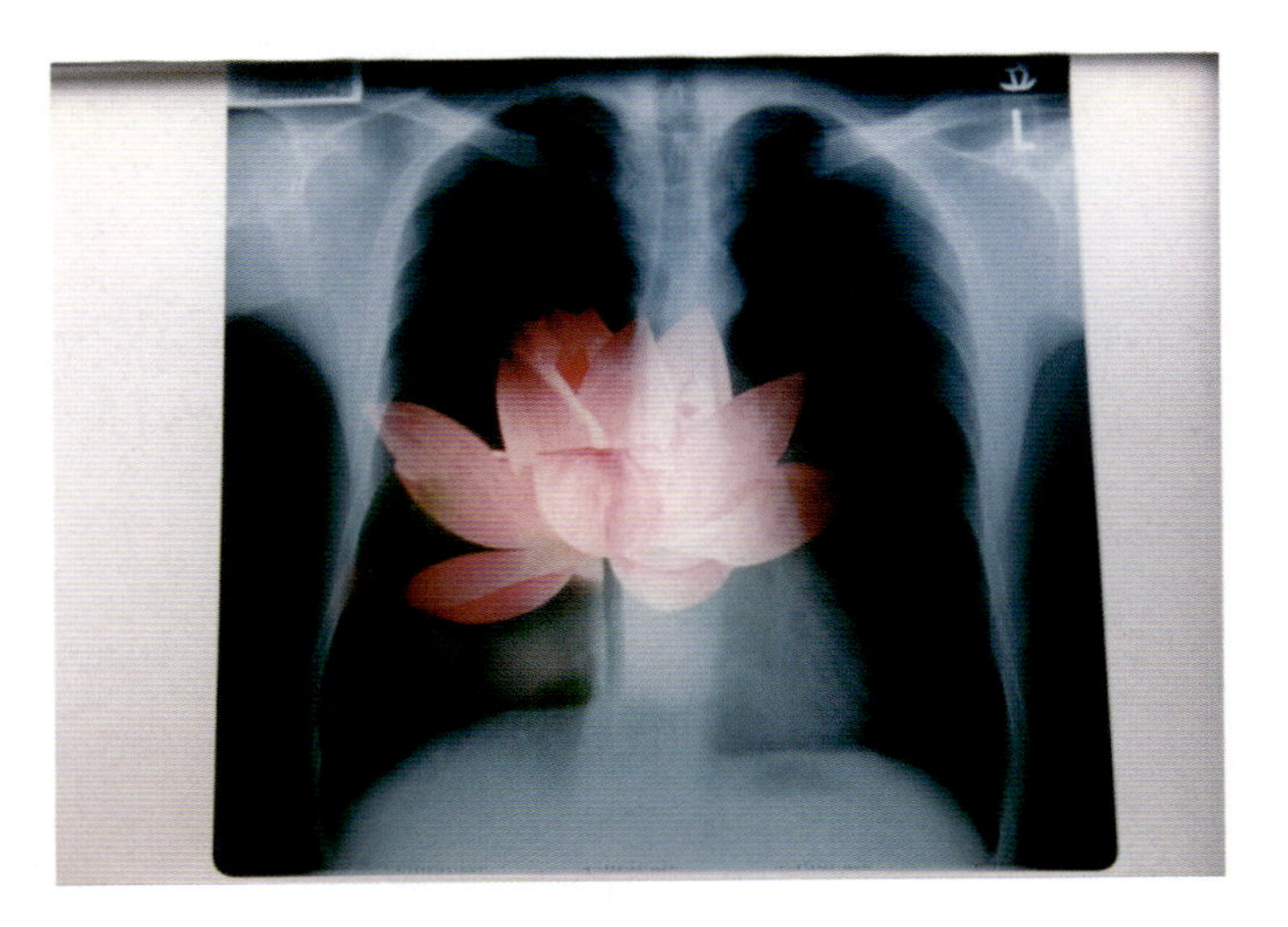

2000年7月26日～8月19日

肺炎入院

点滴に
体は清純（ピュア）に
なるらしき、
我が心より
少し勝りて

りくお

2000年9月3日　風の盆恋歌

歌ひ手も地方（じかた）も舞もゆるやかに
夜の八尾（やつお）の町流しゆくりくお

2000年10月9日 薬師寺万灯会

犬袋の横笛の音か
天武忌の金堂内に
ひびくフルート　りくお

2000年10月15日東大寺慶讃能

哀れかな
討れし平家の
「経正（つねまさ）」の
亡霊 舞へり
秋風の中

りくお

2000年11月3日 前鬼の滝

大峰の
役行者（えんのぎょうじゃ）の
従者とふ
鬼の化身の
滝のとどろく

りくお

2000年11月11日 談山神社もみじ祭り

ひと去りて
秋の夜長を
談山に
鬼の出で来て
談（かたら）ふ如し

りくお

2000年11月14日 大神神社酒まつり能

独り居の
嫗（おうな）は哀し
「黒塚」の
野辺に人喰ふ
鬼となりたる

りくお

2000年11月15日　金剛輪寺

幾千の
水子地蔵に
風ぐるま
供へ輪廻（りんね）の
明日を祈るや

りくお

2000年11月16日

江州の
太郎坊とふ
大護摩の
熾火（おきび）に人の
欲の消へかね

りくお

2000年11月16日

木津川の
冬日に翳る
流れ橋
雲も月日も
人も流れて

りくお

2000 年12月31日

除夜の音の
鳴り渡る中
大佛を
拝めばじ
穏（おだ）いしくなりぬ

りくお

平成１３年２月８日

そのかみの
勝間田池に
影落す
塔の上なる
きさらぎの月

りくお

2001年2月9日

天領の
江戸の名残りを
しのばせて
飛騨高山に
小雪舞ひ散る

りくお

2001年3月7日

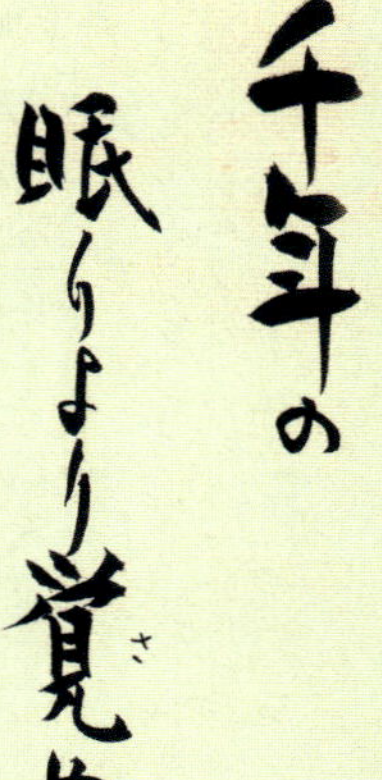

千年の
眠りより覚め
鮮やけく
キトラ古墳の
朱雀羽ばたく

絵と短歌　りくお

2001年3月10日二月堂・修二会

冬眠を
呼び覚ますがに
沓（くつ）の音
闇に響きて
修二会たけなわ

りくお

2001年4月12日信楽都しだれ

信楽の
深堂の郷の
丘の上に
古りし桜の
雨に濡れをり

りくお

2001年4月12日 曽爾村

高々と
連なりて立つ
屏風岩を
隠す卯月の
曽爾（そに）の村雨

りくお

年ごとに人は老ゆれど山桜
千歳（ちとせ）へてなほ色香増しゆく　りくお

2001年4月14日　仏隆寺

この家が蚊張の中から酔芙蓉（はな）を見し
恋の舞台か　秋雨の中
りくお

2001年9月1日 八尾・おわら風の盆

2001年10月1日 猿沢池・采女祭（仲秋）

望月に
誘（いざな）はれ来し
猿沢の
池に身投げし
采女しのばむ

りくお

紙と筆あれば望みはこと足れり
家持像はまさにわが夢
りくお

2001年10月12日 富山・二上山万葉公園

大江能楽堂演能会

磨かれし
舞台に努力
偲ばれむ
能「巻絹」の
でき映えや佳き

平成十三年十一月十九日寺嶋りく

2002年1月23日

雪降りて
樹々も甍[いらか]も
墨絵なし
大佛池に
影を浮べる

りくお

2002年1月25日沖縄ツアー

朱の柱
青龍たらむ
屋根かざり
首里の城趾は
まさに中国

りくお

2002年3月28日 奈良桜めぐり

吹く風に
卯月待たずに
散り急ぐ
浮世のごとき
桜なねかな

りくお

かけ落ちも 未練心に つまずきて

露と消へにし 芥川かも

しくお

平成十四年四月廿八日大和文華館伊勢物語展

2002年5月6日 湖南藤めぐり

春の夜の
ライトアップに
ひと数多（あまた）
宇治に浄土を
夢見つどひぬ

りくお

平成１４年６月１５日大和郡山城ホール
優秀賞

第40回
奈良県合唱祭

平和への
母の願ひを
高らかに
コール朱雀の
舞台華やぐ

りくお

2002年8月17日 桜井市・万葉まつり

西方へ
遅速はあれど
燈籠の
流るゝさまは
人の世に似る

りくお

２００２年９月３日　小説「風の盆恋歌」

変る世を
変らぬまゝが
好ましき、
白川郷は
山にい抱かれ

りくお

2002年9月14日志摩海女撮影会

水面に
浮かび上がれば
海女着より
透ける乳房の
大いなるかな
りくお

2002年12月1日

晩秋の
小雨降りつぐ
泉川
車をとどめ
そぞろ愛(いと)しむ

りくお

平成十四年十二月二日　二月堂より

雲海を大佛殿は突き出でて
朝日に金の鴟尾の輝く
りくお

2002年12月5日 転地仲間・若狭路

六地蔵の
間に立ちて
ほゝゑみぬ
五人の老いに
ご加護あれかし

りくお

2003年1月18日びわ湖野鳥センター

きさらぎの
夕陽は不倫の
ごとく燃ゆ
葦（悪し）と葭（良し）との
影のはざまに

りくお

2003年3月3日

凍てつきし
大地とけよと
たいまつの
二月堂より
火の粉ちらして

りくお

2003年5月12日

西谷元館長を尋ぬ

酔ふほどに
心の解けて
笑ひかつ
語りて倦まず
テラスの宴

りくお

五月雨（さみだれ）を集めて瀬音響（とよ）しぬ
高千穂峡の真名井の滝は

りくお

2003年6月28日

2003年9月13日

北海道旅行

能取(のとろ)湖を
ワインレッドに
染めあげて
サンゴ草とふ
水草の生え

りくお

2003年9月24日

黒川温泉

黒川の
穴湯に乙女
かいま見て
ただの男に
なり果てぬかし

りーくお

2003年10月13日

来島（くるしま）の
月の潮路の
舟遊び
十九の秋は
老いを思わず

りくお

2003年12月28日

初雪の
積りし
足立美術館
窓ごしの庭
絵にも勝りぬ
りくお

2004年3月13日

丹精の左義長燃やし
来し春を近江の人は
祝ひけるかな　りくお

2004年3月31日

この春も
桜だよりを
聞きしより
心そぞろに
なりにけるかな

平成十六年三月 りくお

2004年4月5日

年ごとに
千五百回もの
花をつけ
淡墨桜
人を酔はしむ

りくお

2004年4月11日

雪解けを
たたへて余呉湖
四沢（したく）満ち
桜も樹木も
水に浮かびぬ

りくお

聞ゆるは鳶（とんび）の声と
八幡の水郷めぐりの
櫂の水音　りくお

2004年4月11日

2004年4月18日

高遠の
堀の水面（みなも）に
花びらを
散り敷きて樹の
影を宿しぬ

りくお

2004年5月3日

醍井に産湯つかひて
春祭 新婚にまた
腰を清めむ
りくお

その昔　筑摩まつりに
遊女（あそびめ）は男の数の
鍋をかぶりぬ

りくお

2004年5月3日

2004年6月3日

明日香上居（じょうご）
二上山の
大津皇子（おおつのみこ）の
奥津城（おくつき）は
愛（いと）し大和（やまと）を
背に立たすとふ
りくお

2004年6月13日

山陰の旅

鳥取の
樗谿（おうちだに）とふ
公園の
木の下闇を
蛍飛び交ふ

りくお

2004年6月23日

大安寺竹供養

琅玕（ろうかん）は
竹の異称と
尺八の
由来を語る
虚無僧の長（おさ）

りくお

2004年7月26日

バイカモ

しら梅に
似たる梅花藻
醒井（さめがい）の
冷たき川の
七月に咲く

りくお

2004年8月6日

なら灯花会

灯花会の
浅茅が原の
置燈籠
木影に夜露
きらめくがごと

りくお

2004年8月10日

なら灯花会

夏の夜の
浮雲園地の
置燈籠
星降り敷きて
またたくがごと

りくお

2004年8月13日

阿波踊り

街中の
湧き立つごとき、
阿波踊り
踊るアホウに
観るアホウとふ

りくお

美嗣兄を悼む

ケータイに亡兄(あに)からの電話かかりしは
十月三日の死去の翌朝

りくお

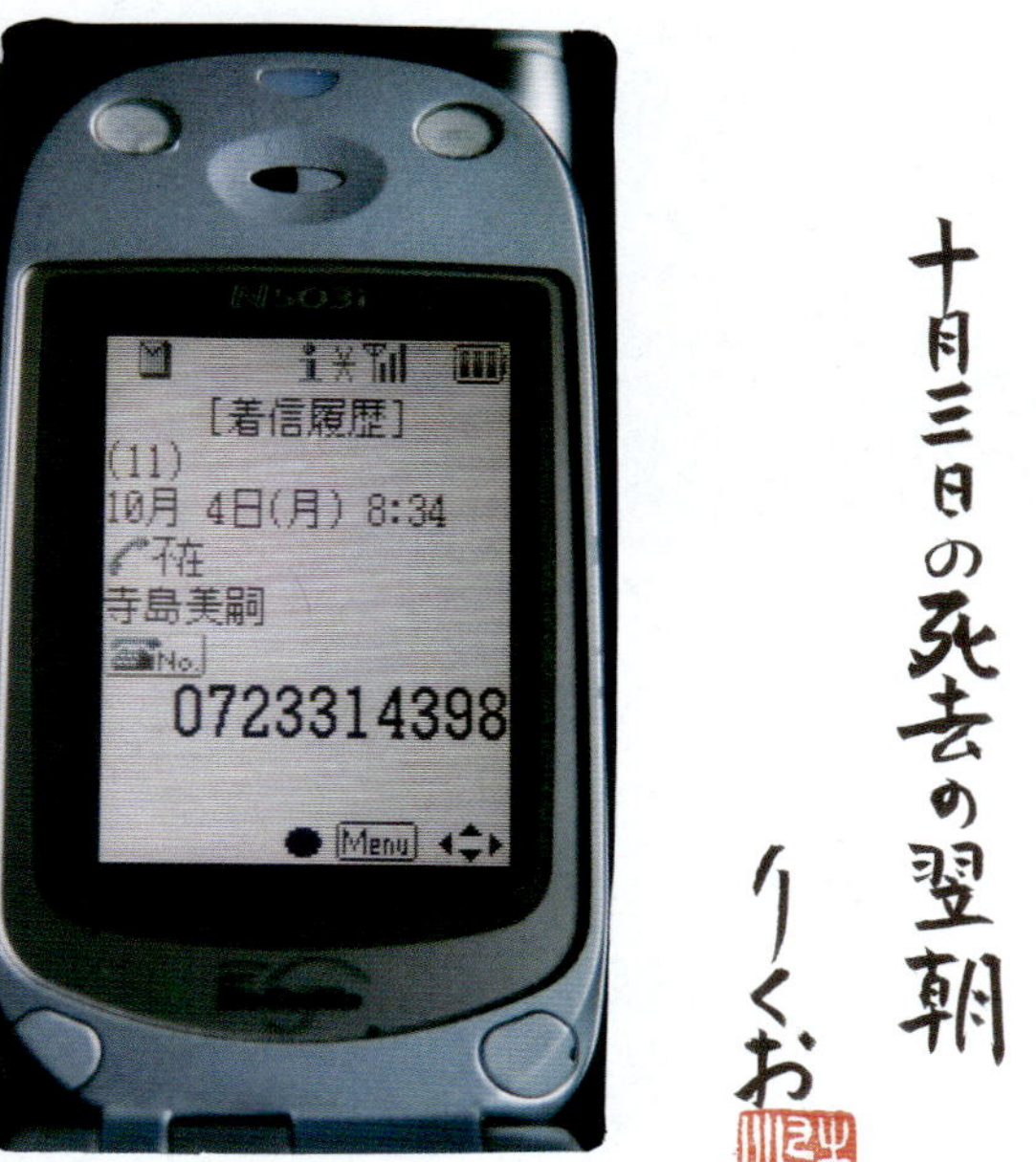

2004年10月4日

2004年10月6日

韓国旅行

長旅の疲れを
リッツカールトン
ホテルに泳ぎ
体慰さむ

りくお

日本と
日時同じく
バンコクの
ホテルの上に
かかる望月

無残やな佛頭樹（き）の根に覆われぬ
戦さに荒れしアユタヤの古寺

平成十七年一月二六日 寺嶋りくお

バンコクの旅にしあれば人妻と
象に乗り合ひうたかたの夢

平成十七年一月二七日　寺嶋りくお

蔵王スキー場

丈六の
地蔵胸まで
埋れしに
さい銭箱は
雪上にあり

平成十七年三月二二日りくお

源氏物語を想ふ

六条御息所も
かく添ひて
娘の斎王の
身をきづかひぬ

平成十七年三月二十吉日りくお

四月二日　大和郡山市

家々に八十八所をまつりぬる
番条町は花の散る里　りくお

2005年4月21日

下伊那の旅

崖道を
ロープ頼りに
降りゆけば
眼下の峰に
下栗の里

平成十七年四月二三日 りくお

平成十七年五月四日 垂井宿曳山祭

子どもらが「隼太うまい」と曳山の

阿波の鳴門のお弓讃える　しくお

興福寺薪御能

夕影を
切りさく如く
横笛の
ひと節鳴りて
御能始まる

平成十七年五月十一日　りくお

大陸と日本をつなぐ飛び石の
壱岐は戦さの歴史紡ぎぬ
りくお

東洋一の黒崎砲台跡

郷ノ浦

2005年5月14日

五十鈴川 木遣り流れて男衆の
御樋代木（みひしろぎ）を曳き溯りゆく りくお

2005年6月9日

2005年6月25日

還暦を
越ゆれば
光陰矢の如し
春過ぎて早や
夏越しの祓
りくお

2005年6月25日

山あひに
紅緒・菅笠
並びゐる
三輪の社の
お田植え祭

りくお

2005年9月3日

小説の
杏里（アンリ）・妙子を
さながらに
小粋に踊る
風の盆かな

りくお

2005年9月19日

十六夜(いざよい)の
月登り来る
石舞台
ススキかざして
うさぎ踊らむ
りくお

2005年9月19日

ゆく秋の
伝板蓋(でんいたぶき)の
宮跡の
井戸のあたりを
照らす十六夜
りくお

秋分の灯り美（くは）しき宝山寺

彼岸もなどか樂しかるらむ　りくお

2005年9月23日

御堂筋のブラスバンドに胸躍る
わが青春の日々を重ねて　りくお

2005年10月9日

女童（めわらべ）がいなせに唄ふ木遣節
神嘗祭の伊勢に響きぬ　りくお

2005年10月15日

著者プロフィール
寺嶋 りくお（寺嶋 �雄）
昭和17年（1942年）12月、大阪市生まれ。
平城山短歌会代表。

フォト短歌集　ならやま

2024年10月15日　初版第１刷発行

著　者　寺嶋 りくお
発行者　瓜谷 綱延
発行所　株式会社文芸社
〒160-0022　東京都新宿区新宿1－10－1
電話　03-5369-3060（代表）
03-5369-2299（販売）

印刷所　株式会社暁印刷

ISBN978-4-286-25735-8